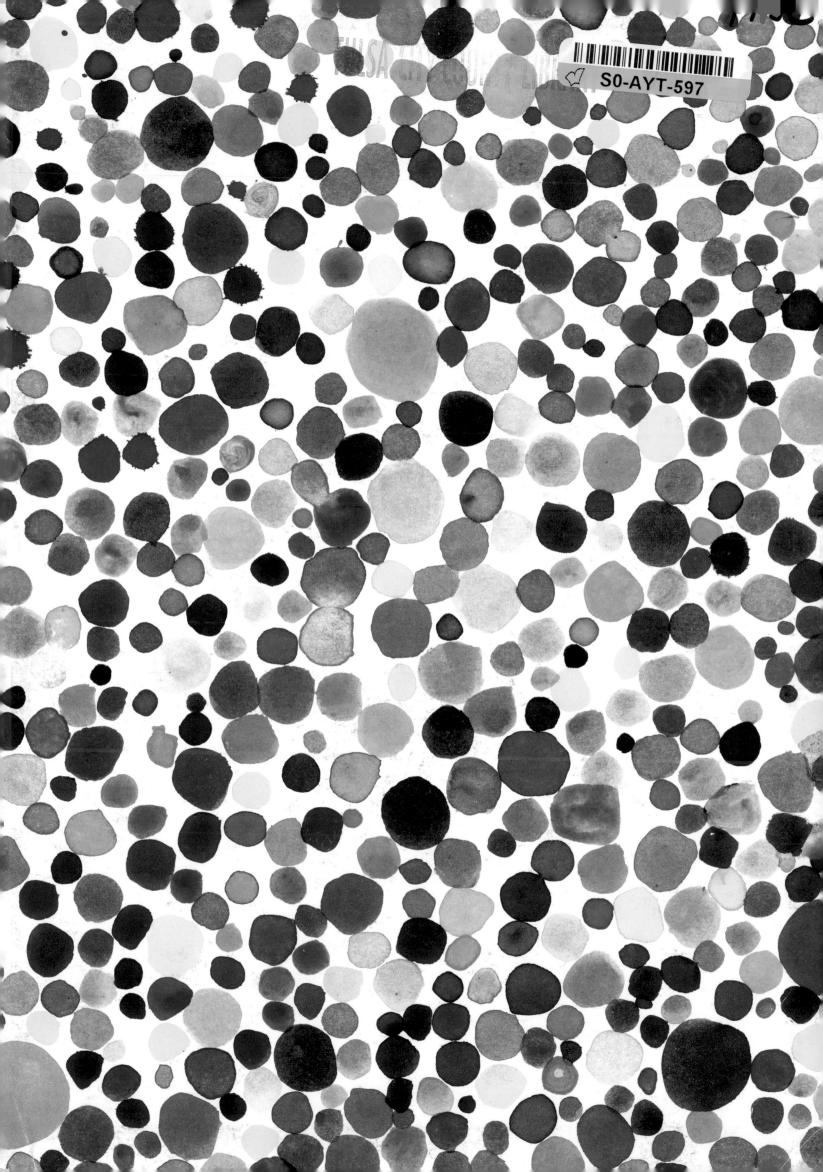

Si el ojo pudiera oír,
si la oreja pudiera ver,
os encantaría
el simple sonido del agua en el tejado.

Daito Kanushi

La necesidad de tener siempre la razón
es el mayor obstáculo para las ideas nuevas.

Edward De Bono

Lo mejor de todo, sentiros cerca.

E. M.

A los que tanto quiero y me quieren, entre la A y la Z y la Z y la A.
A las cosas que no se ven, al cielo lleno de estrellas.
A los que me tengan que perdonar. A las cosas de los Díaz.
Al arte que es amor y a los dioses, claro, como siempre fue.

C. D.

# Ayúdame a pensar

Eva Manzano
Carolina Díaz

thule

—Ayúdame a pensar —dijo el elefante a la liebre.

—Está bien —respondió el pequeño mamífero—. Piensa en una habitación con muchas puertas.

—No se me dan bien las puertas, soy
un elefante africano —dijo asustado—.
Ni siquiera quepo en la habitación
—aseguró recogiendo las orejas.

Ahí sentado, con la cabeza
aplastada por el techo de la
madriguera y la trompa por
el suelo, parecía cualquier
otro animal en vez de un
paquidermo gigante.

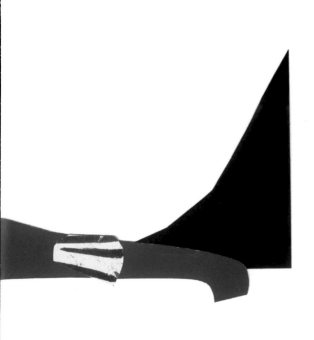

Alarmado porque nunca había hablado
con una liebre, se puso a llorar.
La liebre se asustó más por las inmensas
lágrimas que caían que por el extraño
visitante.

Para sobreponerse, estiró sus orejas y gritó enérgicamente:

—Escúchame, lo que tienes que hacer es concentrarte, observar cómo es la habitación y averiguar si la puerta se abre hacia atrás o hacia delante.

»Una vez que comprendas que no cabes, entonces deja de llorar, abre la puerta y sal.

—De acuerdo —dijo el elefante concentrado en sonarse los mocos—, gracias por tu ayuda, nunca lo olvidaré.

Y con la agilidad de una bailarina, salió de la madriguera, y dejó libre la entrada.

La liebre miraba satisfecha cómo
el enorme trasero del elefante se
perdía en el horizonte. Y con un
gesto agridulce en las orejas se
metió en casa.
A los pocos segundos, salió
perpleja y gritó:

—¿Qué hacías aquí? ¿Cómo has entrado?

Sola y sin respuesta,
se quedó en silencio.

Sus ojos pestañearon cuando
un bello pez de colores oceánicos
nadaba por encima de su nariz.

—Ayúdame a pensar —dijo la liebre al pez.

—¿Por qué? —dijo el pez mientras el mar les agitaba—. No suelo ayudar a pensar. No sé ni siquiera cómo lo hago yo. Soy un pez tropical que me dejo llevar por la corrientes marinas...
¿Qué me decías? No tengo suficiente memoria para recordar —alegó el pez.

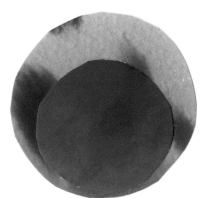

La liebre se puso más nerviosa. Al gritar, su boca se llenaba de agua y un sinfín de burbujas salía de su interior.

—¡Tengo miedo! —gritó—. Vengo de un mundo seco y ahora este líquido azul me rodea.

—¡Tranquila! —dijo el pez con mucha confianza—. Lo importante es que recuerdes que no sabes nadar. Cuando lo hagas, regresa por donde has venido.

—Gracias, no lo olvidaré.

Y moviendo sus orejas nadó hasta la salida.

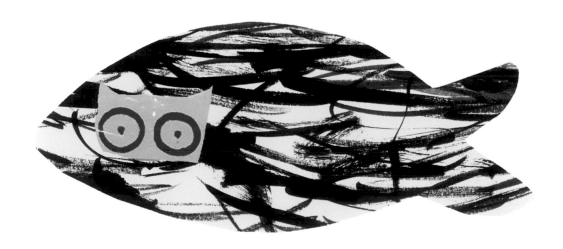

El pez olvidó enseguida lo sucedido.
Sin saber cómo, le rodeaban un
montón de cosas a las que no sabía
poner nombre. Todo a su alrededor
estaba cambiado.

Y alguien con sorpresa lo miraba desde arriba.

—Ayúdame a pensar —le dijo el pez al niño.

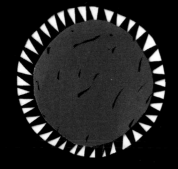

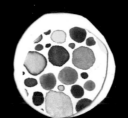

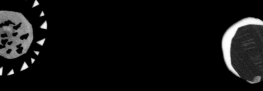

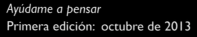

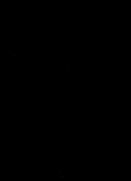

*Ayúdame a pensar*
Primera edición: octubre de 2013

© 2013 Eva Manzano (texto)
© 2013 Carolina Díaz (ilustraciones)
© 2013 Thule Ediciones, SL
Alcalá de Guadaíra 26, bajos 08020 Barcelona

Director de colección: José Díaz
Diseño: Jennifer Carná

EAN: 978-84-15357-34-6
D. L.: B-17601-2013

Impreso en Gráficas '94, Sant Quirze del Vallès, España

www.thuleediciones.com

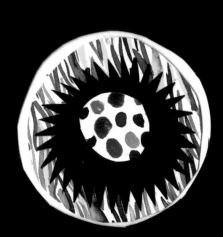

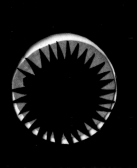
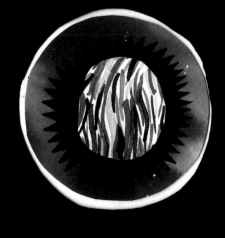

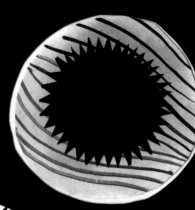

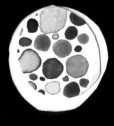

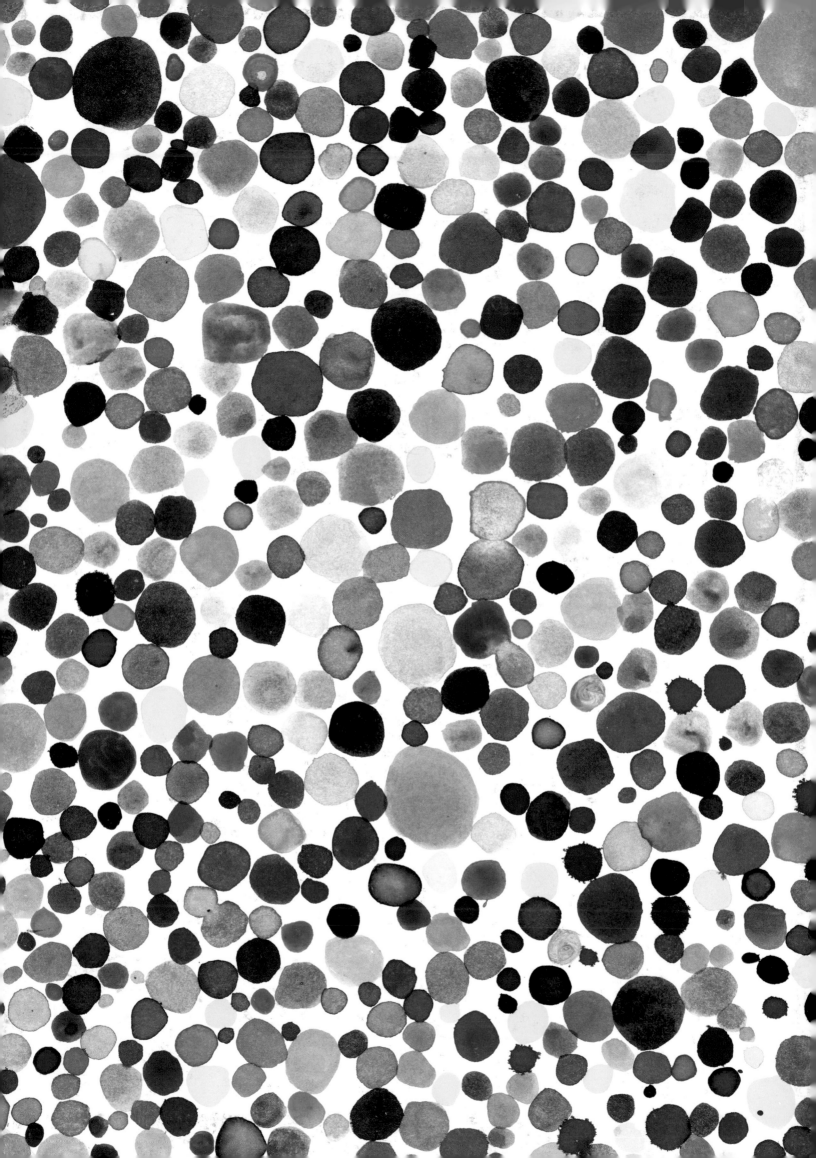